청어詩人選 171

기지떡
사랑

윤순열 시집

청어

창밖에 몸살을 앓는 매화 한 그루
통통 부은 꽃망울이 아프다

이 비 그치면
참지 못하고 터지겠다

밝은 세상에 드러낼
속살
생각만 해도 부끄럽다

부끄러움도
한 발짝 내딛기 위한
용기

어쩌랴
거듭나고파 내놓은
설익은 향일지라도

이 책을 구순의 노모에게
안겨드립니다

찬란한 봄날에
윤순열

차례

1부

아버지

사모곡(思母曲)

무쇠 녹이며 살아온 육신
한 줌 재로
떠나시던 날

당신 닮은
비가 내립니다

대지는 변함없이
생명을 잉태하는 소리

더욱
가슴을 울렁이게 합니다

당신이 남긴
기나긴 여정의 호흡

모두의 가슴에 지지 않을
초록별이 됩니다

빈집

그곳엔
늘 가득 차 있다
내 유년의 기억

시계는 신나게 거꾸로 돌아
허기진 공간에서 피어오르는
이야기, 이야기……

허물어진 담장 아래
깨어진 장독에는
구수한 된장이
제 맛을 익히고

이따금 고추잠자리 몇 마리
기웃대다 날아가는데

떨어져 나간 창호지
문고리 잡고

물 젖은 손을 닦으며
들어서고 계신다
우리 어머니

암(癌)

몰핀도
인간이 만든 그 어떤 광선도
두려워하지 않고

슬픈 눈들에게 오히려
비웃음을 웃고 있는
너

히말라야 최고 봉우리보다
더
높은 곳에 앉아있지만

반드시 정복되고 말
마지막 봉우리인 것을

이슬

돌다리 건너던
아침 바람이

톡
연잎을 튕겼다

"또르르"

연잎 위로 신나서
미끄럼 타는
저 옥로(玉露)

눈부시다

틈

성난 해일이 가슴을 때리던 날
암흑 속
폭설을 만나듯 머릿속은
하얀데

창문 틈 사이로
찾아온 햇살 한 줄기

오!
갑자기 열리는
새로운 세상

꽃밭 돌 틈으로 밀려
노랗게 웃던 민들레들이

막
햇살 속으로 두둥실
홀씨를 날리는 게 보았다

둥지

신이 주신 가장 값진
내 둥지엔
영롱한 보물
두 개

삶의 기쁨이요 희망이요
아무 것도 부러울 것이 없다
꿈으로 가득한 천사

맑고 밝은 영혼이
둥지 속으로 날아드는 날

금세
함박웃음으로 가득 찬
내 둥지

그대

변화 없고 꿈적도 않는
큰 바위 같아서
자유로운 나비는 앉기 싫었는데

비바람에 부대끼다
더 이상 날개가 무거워 날 수 없을 때
그대 곁에 기댄다

비바람 눈보라
작열 하는 태양 아래서도
언제나 한 곳에서 꿈적도 않는 그대

지친 날개
포근하게 감싸 주었지

이제야 알았을까
큰 바위 위에 나래를 접었을 때
편안한 꿈 속 여행을 떠난다는 것을

찢어진 날개
상처 입은 모습이라도
품어 주는 이는
큰 바위 당신 뿐

세월이 갈수록
그대가 또 하나의 나

별이 되세요

어둠은 내가 되고
빛나는 별은 그대가 되세요

잎과 줄기는 내가 되고
영롱한 꽃은 그대가 되세요

때로는 삶에 지쳐
온몸이 무너질 때

포근한 흙은 내가 되고
다시 뿌리내리고 일어서세요

길

세월이 지나 언젠가는
진정 사랑했음을
믿어 봅니다

그대를 건너 온 기쁨은
내 생애
가장 소중합니다

되돌릴 수 없는
추억이 아름다운 것은

강물에 언뜻 비쳤다가
사라지는 밤 풍경처럼

내 속에서 그대를
보내지 않는 한
영원한 것임을

사계(四季)

따스한 기운으로 닿아
연산홍 목련화 환한 웃음
푸르름을 기르고

이따금 세찬 빗줄기
무지개 징검다리 건너면
익어가는 모과향기

누군가를 위해
남겨놓은 감나무에
커둔 빨간 촛불로

단풍나무 태우는 마지막 열정 속
낙엽향기

토끼가 점점이 찍어 놓은 길을 따라
마당 새하얀 눈꽃이 만발하면

뽀드득 뽀드득
발자국이 내는 소리
영글어 가는 계절

삶

까치소리 반가운 소식인가
일어나 보면 침대 위에 한 움큼
늘어져 있는 머리카락

두렵지 않다고 괜찮다고
아우성쳐 보지만
어느새 성큼 다가온
죽음의 그림자
놀란 가슴

그 어떤 이의 말도
위로될 수 없어
가슴 한 쪽에 쌓인 분노
꽁꽁 묶어
흙으로 덮어 버리면

창문 비집고 들어오는
여린 햇살
꺼지지 않는 새로운 희망인가

아버지

툇마루 걸터앉아
긴 머리 곱게곱게
빗겨 주셨지

모처럼 사 오신 구두
항공모함 같아
걸을 수 없자
동구 밖까지 업어 주셨지

한 줌 왕사탕처럼
달디 단
아버지의 미소

오남매
둥지 속에서 키운
손길

어느새 제 짝 찾아
하나, 둘 날아 가버려

채워지지 않는
빈 둥지

자장가로 채우며
기다리는 두 그림자

편지(便紙)

꼭꼭 새겨
전해지는 마음

그 마음
행여 다칠라

최고급 빨간 호텔
뉘어 모시고
초특급 경호원
귀하게 모셔간다

발 구르는 웃음소리
꼭꼭 채우고
땅을 치는 눈물도
가득 안고

하나, 둘 먼 길 떠난나
기다리는 이들에게

달맞이 꽃

작열하는 태양 그림자 저쪽
한 낮의 햇살을 몰래 훔친다

한꺼번에 감당하기가 힘들어
저녁이 되어서야
조금씩 풀어내는 안타까움

사랑 만들기가
어디 샐비어처럼
보색 대비이어야 하는가

때가 되면
빛으로 열리는 마음

겹겹이 싸둔 보자기를
어둠이 숨죽이고 다가서면
사르르 풋풋풋…
소리로 돌며
수줍은 미소로 그리는
달빛 그림

2부

겨울을 벗고

문병(問病)

창백한 얼굴 위로
환히 웃고 있었다

얼마나 다행스러운가
안개 길 헤치며
안개보다 더 진한 막막함으로 다가섰는데

내가 흘리는 눈물을
웃음으로 닦아주는 너를 보며
네 속에 살아 있는
희망의 새순을 읽었어

네 안에 계시는 분을 향한
너의 기도

어쩌니?
너를 위한 내 간구엔 아직
눈물이 젖어 있음을

이 밤 나도 손을 모은다
네 안에 계시는 분과
우리의 새로운 만남을 위해

재가방문(在家訪問)

"와 인자 왔어?"
"인자 안 오는 가 했제."

오두막사리 집엔
마음 고픈 할머니들
눈빛이 먼저 마중

할머니들의
알싸한 눈물 젖은 이야기
잡초처럼 뽑아도 끝이 없는
아픔의 밭

그들 따라 쉼 없이
김을 매고 있으면
내 마음의 이랑도 환해지고

돌아오는 초저녁
걸린 저녁노을

되새김질하는 어미 소
큰 눈 안에
글썽거리는 모정이 아름다워

다시 만날 내일을 위해
종종걸음 치는 발길

사랑의 늪

어느 날인가
내 심장에
꽂힌 불화살 하나

그대 향해
혈관 속의 피처럼
가슴속을 파도치게 하더니

환상처럼
지금은 사랑을 경작하는 시간
그대 품안 더 깊은 곳
늘 새로운 이랑을 만든다

꽃망울 터지 듯
새롭게 피어나는
우리는 언제나 봄날

눈빛만으로도
수많은 대화 나누며
뜨거운 그림을 그려나갈
동행이라는 화폭

도남서원(道南書院)

낙동강 굽이 따라
물안개 피어올라
하늘에 닿는다

입덕문(入德門) 건너
정허루(靜虛褸) 위에 앉은
철없는 시심은
인의예지(仁義禮智)
만나고 돌아서는데

무지개 징검다리 위
꽃잎 같은 구름으로
하늘에 켜는 촛불

아네모네

밤새 잠 못 이루어
마음속에서만 핀 꽃

다 품어내지 못한 향기
얼음으로 굳어지면 어쩌랴

수정 같은 마음
무너져 내린 후에
나 한 점 티 될까 두렵다

내 안의 번뇌를 쪼아
별빛으로 조각해도

아쉬움 그 여운
깊어지는 메아리

작별(作別)

아버지가 떠나시던 날

굴건을 쓰고
무명치마에 삼베 따리 쓰고

잘 가시라
마지막 절을 했는데

청승맞은 달구지 소리로
대궐 같은 집을 짓고
평토제 지내도

나는 도무지
우리 아버지
아주 가시는 것 같지 않았다

연꽃 위에서
잠시 담소 나누시다
해가 지기 전
돌아오실 것만 같은

아버지

재가방문(在家訪問) 2

내 눈
영롱한 빛이 되어주시게

내 귀
작은 소리까지 들어주시게

내 손
거친 것들 가리지 않고 쓰다듬어 주시게

내 발
가는 걸음 디딤돌이 되어주시게

내 심장
뜨거운 고동을 다시 한 번 뛰게 해 주시게…

사라지는 작은 별
마지막 열정
새 생명 안에서
꺼지지 않을 숨결로 이어지도록

"선생님, 시신기증등록증 나왔습니다."

삶 2

수 십 년을 갈아 온 칼날
오늘도 날을 세운다

이상하다
갈수록 더 무뎌진 칼날

온갖 재료를 난도질해도
비슷한 품새

뚝배기 안의 된장찌개처럼
함께 어우러지면
이 맛이나 저 맛이나
엇비슷한 것

들여다보면 낯익은 얼굴
함께 어우러지는
뚝배기 세상

숲과 길

이십년지기들 모여
마음 나누는 곳

때론 노래로
때론 시로

생각이 달라도
함께 있어 어울리는 곳

서로 자리 내어주어도
어깨 내어주어도
가슴 더 따스해 지는 곳

눈빛으로도
그리고 싶은 나무
칠하고 싶은 하늘
어우러져 숲은 어느새
은은하게 번지는 파스텔 색조

가는 길 힘들면
서로에게 조롱박 내밀어
새들의 노래 즐거워
힘이 넘치는 동행

여행(旅行)

길 떠나고 싶은 가을입니다
이미 설레는
눈과 가슴

화려하지만 요란하지 않게
스산하지만 쓸쓸하지 않게
마음 단속을 하지만

혼자만이 간직한 화원이
벌써 두근거리는 것은

단풍잎
가슴 속으로 떨어져
붉게 물들기 때문입니다

단풍잎은 벌써
홍조이기 때문입니다

이별(離別)

예고 없이
터지는 화산처럼

천년을 다 하여도 못 다할 사랑
홀연히 끈 놓아버렸다

미운 정 고운 정
가족이란 이름으로
애간장이 녹지만

이곳과 저곳은 넘을 수 없는 공간
메아리는 오고 갈 수 있을까

푸른 강이 이어 흐르는
양지바른 땅인데도
납골당에 부는 허허로운 바람

부모와 자식의 정
바라보는 마음 가까워도
갈 수 없어 멀기만 한
이승과 저승의 길

재가방문(在家訪問) 4

몇 달을 기다려온
할머니들 나들이 가는 날

할머니들 보다 더 많은
음식과 선물
따뜻한 백설기

굽은 할머니 허리
급한 마음 숨이 차도
함께 가는 친구 있어 달리는 웃음

차창으로 다가서는 단풍세상
돌고 도는 동동주 한잔에
할머니 허리들은 금세
잠자리 날개로 하늘거리는데

흔들리는 틀니
음식은 눈으로 드셔도

눈빛만으로 서로를 헤아리는
저 백발의 친구들

내년을 기약할 수 없어도
법당 앞에서
향을 사르는 기원

숙연해지는 마음을
가득 채우는 풍경 소리

친구(親舊)

떨어져 있지만
늘 함께 있다 너는

가슴 아린 날
널 생각만 해도
부드러운 연고처럼 스며들어
내 상처는 치료가 된다

바람이 일어
생각이 우울한 날은
어느새 향기 나는 꽃이 되어
웃음을 달게 한다

기쁠 때나 슬플 때나
내 안에 함께 하는 너

잘 자란 한 그루 나무처럼
나이테는 그림을 그리는데

네 가슴에
튼실한 나무가 되어
저녁 놀 머무는 곳 까지 가야 할
긴 여행길
손잡고 가야 할 동행자

겨울을 벗고

계곡 얼음 사이로
살금살금 기어 나온
물소리
봄의 숨소리인가

아직 얼음 사이 발 담근
버들강아지
솜털이 눈부시다

언 부리가 풀렸나보다
상쾌한 새소리에

바구니엔 가득
풋풋한
봄나물 향기

3부

기지떡 사랑

그 집

그 집에는 쉬지 않고
솥뚜껑이 땀을 흘리고 있다

참지 못해 비집고 나온 뽀얀 김
처마까지 채우는 구수한 냄새

정을 담아 내온 손 맛
맛으로 녹아
먹을수록 아쉬움이 남는 곳

허기진 이
마음 시린 이
뜨거운 국물로 덥혀

어느새 가슴까지 훈훈해
저절로 발길이 가는
그 집

비

견디지 못할 것이 있다면
쏟아 버려야지

때로는 성난
천둥, 번개, 소나기로

때로는 속으로만 우는
보슬비로

너의 마음은
솔직해서 좋아
그래서 오히려 정겨운가 봐

그렇게 다 내려놓고 나면
어느덧 열리는 무지개

한계령

한계령 넘는 길
운무와 눈꽃이 반긴다

지친 길손 얼굴은 시려도
오히려 받는 위안

구름은 바람으로 달려와
온몸을 감싸더니
구슬로 빛나고

누구나 내딛는 걸음
모두 지나는 흔적일 터인데

고개 길 두고 지나온 길과
다시 걸을 길을 견주며
추억 할 나를 비추어 보는데

눈길도 제대로 주지 않은 자리에
활짝 웃고 있다
겨울 견딘 난 한 송이

4월의 바다

파도는 울었다

애 끓는 귀한 죽음만이
환청처럼 들리는
통곡의 바다에서

어둡고, 춥고, 바람만 부는
슬픈 백령도
마흔 여섯의 꽃다운 젊은이들을
돌려 준 것은
두 동강이 난 어미의 가슴

그래, 우리는 안다
세찬 비바람 성난 파도에
기적은 일어나지 않았지만
대한의 아들
그대들이 지키고자 했던 것이 무엇이었는지

파도가 일렁일 때마다
들려오는 소리 없는 외침

똥통

그 많은 비수들을 품어
할퀴고 생채기내는
오물 같은 언어들

오장육부에 쌓여
거침없이 쏟아버리려 해도
내려가지도 않아

자꾸만 부어 오는 심장
터뜨려 버려야 할 화약고처럼
쌓이는데

버리려 해도
버릴 곳
마땅찮은 세상

그래
속내를 헤집고
모든 것 비워내야 할 곳은
여기

비우고 나면
성숙한 씨앗 발아될 수 있을까

고시원(考試院)

너는 괜찮은데
나는 괜찮지가 않다

아직
미숙한 채 시작하는
파랑새의 여린 날갯짓처럼
네가 선택한 일이지만

삼백 예순 다섯 개의 계단
쉼 없이 오르내리고
차고 넘치는 두 평 공간을
끌어안다 보면

너도 괜찮아
나도 괜찮아

가납사니

가만히 있으면
속을 알 수 없는 수박이다

끓어오르는 것들을
토막토막 회를 치고
등을 핥으면
흩어져 버리는 옥수수 알이다

생채기 난 가슴을 타고 올라와
여기 저기
파랗게 멍들어 피는
나팔꽃

기지떡 사랑

택배상자 안에
그녀의 넉넉한 마음이
담겨왔다

새벽마다 서리꽃으로 빚은
그녀의 향기

혼자 먹기에 아까워
온 동네 나누다 보면
빈 접시 위로 그녀가
보름달로 웃고 있다

너의 웃음 하나로
코끝 찡해오도록
하얗게 빚어지는 나

만남

짧아도 긴 여운이
구름 위를 걷는다

가슴 속을 흐르는
물 같은 사랑

산다는 건
가장 귀한 추억 하나로

마주 보고
서는 일

시작일기(詩作日記)

시란 놈이 도무지 찾아오지 않더니
갑자기 왔다

가방을 뒤져도
연필도 종이도 없다

텅 빈 내 곳간에는
허접한 화장품 몇 개

어쩌랴
화장지 위에 립스틱으로
신나게 그려낸 그 점 위로

비로소
빨갛게 꽃피워
웃는 시

기도

중궁암을 오르며
산허리 앉아
지나온 길 내려다본다

구불구불 가늘어지는 길 아래
장난감 같은 아득한 집들
솔바람 소리에 잠시
숨 고른다

풍경소리도 백팔 배를 올리는가
어수선한 마음
고요 속으로 잦아들면
너의 소망을 꿈꾸며
찾은 평온

가파름 지나면 평지 있듯
서성이는 겨울 끝자락에
빠끔히 햇살 한 줄기
다가와 앉는다

0.5

이 쪽 저 쪽 가린 눈
숟가락 앞에 붙여진 이름이다
'0.5'

언제 찾아 왔는지
새치 머리카락 몇 가닥
봄바람에 빳빳하게
치켜들고 있다

미운 정 고운 정도
흐릿하게 엉켜버린
지천명

울타리 안으로
봄비가 게으른 놈 낮잠 잘 만큼 내리고

내 키보다 더 자란
튼실한 나무 두 그루

그거면 됐다

감 깎는 마을

각중에 벗은 몸
부끄러워 어쩔 줄 몰라

낚싯줄에 매달려
맨 몸 그대로 드러내 보이면

생채기 난 가슴
꼭지 빠진 인생
숱한 떫은 맛
차츰 가을 볕 속에 잦아들고

몸에 와 감기던
찬바람 견디고
안개 걷히면

벗을 것 버릴 것 다 버린
가슴마다
솔솔 일어나 피는
하얀 분꽃
나

공수표(空手票)

활처럼 휜 그녀
아흔 고개 넘어도
아직 넘어야 할
자식고개

오남매 큰 나무로
우뚝 서더니
더 작아진 할미꽃

오늘도 떨리는 손으로 굽는
자반고등어
천륜(天倫)은 옹달샘인데

전화기 타고 들리는 소리

"기다리지 마세요. 외식 했어요."

차려진 밥상 위로
떨어져 내린
공수표 한 장

4부

솎아내기

그믐날

운무 위 떠 있는 갓바위
부처님 손바닥

소망 가슴에 품고
모여든 어미들의 기도는
보슬비로 내린다

기도는 천상에 닿아
희망의 촛불잔치
허기진 이들 공양 한 그릇
부처님 말씀 깨닫게 하고

모든 것 부처님 전에
맡기고 왔는데

한 계단 두 계단
내려오는 발아래
어느새 따라온 어미들의 기원

바다

그대 향한 떨리는 눈빛
숨겨 놓은 바다

밀리는 파도를
안개는 꼭 품어 안고
내밀한 속살을
물살에 풀어 놓는다

언젠가 떠나야 할
마지막 기차에
몰래 쥐어 주고 싶은

하얀 포말로 다가오는
추억의 단추를 열면
모래톱을 어루만지는
그의 손길

손때 묻어 식지 않은
하얀 조약돌

빈자리

하얀 면사포 위로
꽃가루가 내린다

화사한 신부를 향해 퍼붓는
신랑의 장미꽃 입맞춤
오색 테이프는 일제히
풍선을 매단다

첫 행진을 위한
축포가 터지려는 순간
돌연 돌아서는 두 사람

젖은 눈시울에도
환한 웃음 잃지 않는
한복 고운 어머니 곁
빈 의자
두 송이 꽃을 바친다

하객들의 기립 박수소리와
다시 터지는 축포

이제는 빈 의자가 아닌
가득 찬 의자

시집(詩集)

그냥 가려는 시를
억지로 붙잡고 헤매다
겨우 찾은 서점

아무렇게나 뽑아든 책이
시(詩)들만 사는 집이다

그 집에
내가 들어 갈 자리
비어 있다

눈

소리 없이 내리는
눈이
소복소복
그리움의 일기를 쓰고 있다

불현듯
하얀 가슴에
종종걸음으로 다가온
그대 발자국

책을 넘기면
여긴 설국이다

반짇고리

연지곤지 새색시부터
아흔 고개 함께 넘어온
오색 바구니

복사꽃 새색시 미소
세월 따라
핀 억새꽃

마음 깁던 골무
깁고 기워도
흩어지는 뼈마디 되고

겨울나무 되어
가벼워진 몸
얼음장 균열이는
삶의 무게
빛바랜 반짇고리
끌어안으면

세월의 실타래에
촘촘히 감겨
잔잔히 남은 사랑

늦깎이

사각모를 쓴 그녀
액자 안에서
환히 웃고 있다

유년시절
가시 찔린 아린 손가락 접어놓고
다시 오르는
오르막

칠흑 같은 밤
등불 밝히려
두레박 가득 길어 올리는
샘물

낮은 어깨 서로 맞추며
함께 걸어와 준
길동무 있어
더 빛나는 왕관

새가 되어

모든 세상이 한 평 공간에
갇혔다

창문 너머 가로등 불빛 사이로
하루살이 광란의 춤사위
부러웠다

스치는 기억 사이로
뒹굴어 다니는
모진 바람

한 마리 새가 되어
날고 싶다

더디게 가는 시간 뒤에
두 발로 내딛는 날
날다

솎아내기

사는 일
씨 뿌리는 대로 되는 일 없다

텃밭에 앉으면 참 많기도 하다
솎아내야 할 것들

시들고 못생기고 비틀어진 놈 앞에
가던 손이 멈춘다

뿌리 째 흔들려
상처 난 흙의 가슴에 바람이 일면

다시 솎아낸다
내 마음

재가방문(在家訪問) 5

"햅쌀밥이 윤 선생 맛이네"

쌀밥 미소가
합죽한 볼우물에 달린다

골목길 누비며 배달된
'하얀 쌀' 한 포대

색깔도 선명한
기부 천사들의
정성이 피고 있다

눈바람 헤치던
아린 손이
할머니 미소 안에서
절로 녹고 있다

보부상
-객주문학관에서

오일장
길목마다 밟히는
질긴 삶을 보았다

굳은 길 위로
수백 년을 걸어온
그대
당당한 발걸음도 보았다

그대 손끝에서
다시 살아 일어 선
민초의 무릎을 보았다

부둣가 난전

좁은 공간에
저마다 세월을 엮는
삶의 터전

살아온 인생만큼
움푹 파인 도마 위로
난무하는 칼춤

칼끝에서 다시 태어난
접시 위 하얀 속살이

또 다른 이의 하루에
새살이 되는 곳

창 너머
짠 바닷바람 타고
밀려오는
한가한 노을빛은

부둣가 난전에는
한낱 사치일 뿐

숨바꼭질

세상은 가위 바위 보
온통 술래잡기

숨겨 놓은 건 언제나
보일 듯 말듯

맨발로 뛰어다녀
생채기 난 세상

잡혀줄까?
안쓰러운 마음
자꾸만 차올라도

아니야, 가만
숨만 쉬어야지

엄마

다가온 설렘이
남겨 둔 묵은 정보다
낯설음이 앞선다

잘 차려 놓은 세간
신혼집 같은데

살림을 합친 엄마의 손길이
자꾸만 어색하다

투박한 주름 여윈 손
둘 곳이 마땅찮은지

시집 온 새색시처럼
맞잡고 앉았는데

두고 온 옛집 봉창에
환히 비추던 보름달이

아파트 넓은 창을
기웃대고 있다

5부

이름표

우포늪

둘레길 돌아
한가롭게 낮잠 자는
쪽배

안개 속에
새가 산다

사람의 손길이 닿지 않아야
제 모습이라고

바람에 몸 맡기고
구름에 마음 두어야
제대로 보인다는데

무엇을 놓지 못 했는지
내겐 제대로 보이지 않는
우포 늪

재가방문(在家訪問) 6

툇마루 위 가을볕에
할머니 손길이
익어간다

시간을 가득 채운
오곡들이 햇살 아래
단단해지고

마당 한쪽 보자기 위엔
할머니가 볶은 세월만큼
톡톡 튕기는 참깨 알

지나가던 다람쥐 흘깃
할머니의 손길을
훔치고 있다

죽이 맞는 사이

살다보면
죽이 맞아야
살맛이 난다지

길동무는 서로가
왕과 왕비처럼

소담스런 백일홍
꽃잎으로 피려면

백일홍 잎사귀도
죽이 맞아야
된다지

나이테
−박찬선 선생님 퇴임에 부쳐

무쇠 솥 같아도
첫 계절처럼
마음의 향수로 다가온 님

다듬어지지 않은 옥돌
그 단단한 심장을 쪼개어
잔잔한 미소는
빛나는 보석으로 다듬어지고

푸르게 영근 빛은
비단실에 꿰어서
세월의 언어로
마음의 나이테에 그립니다
누리에 빛을 그립니다

그리움

그대는 언어도 눈빛도
숨결도 늘 따스하더니
가만히 있어도
내 맘속으로 스며들어

어느새 불타는 진달래
붉은 꽃잎으로 피고 있다

생각만으로도
당신 모습
어루만질 수 있지만

칠흑 같은 밤이면
마음속의 꽃들을 하늘에 던져
띄우는 별

별은 다시
감은 눈 속으로 내리고

그 빛 속에서 당신의 미소만 걸러
마음에 걸어 놓고
마중한다 그대를

재가방문(在家訪問) 3

눈빛 쌀 수만 개
사랑으로 부풀어
태어난 기부표 김밥

따뜻하고 쫄깃한 떡가래
그 길이만큼
마음으로 이어져
온 누리로 번져 간
고소한 향기

차갑던 아랫목
까만 연탄
어느새 활활 피어

저절로 녹는다
굽은 할머니 허리
우리네 마음

기다림

아직 내게는
눈 녹일 따뜻한
입김이 없을까

얼음장 밑으로
봄은 오는데

산 능선 바라보는 추녀에
달린 고드름

잎눈 피기 전에
열어야 할
꽃눈을 향해
뜨겁게 촛불을 켜야지

미리 나선다
봄이 오는 길목
저만큼

쌈밥

밥을 먹는다

쌈과 밥이
어우러져야 나는
제 맛

고기 한 점
젓갈 한 점
쌈 위에 얹듯

객지에 간
두 아이 얼굴 그리며 한 점

잡아도 잡히지 않는
그 사람 마음에도 한 점

때때로
꼭꼭 씹어 먹고 싶은
미움 마음도 한 점

그때는 더욱
입이 찢어지도록
먹는 쌈밥

빈 의자

앉았다 간 자리
빨갛게 물이 든
낙엽 하나 앉아 있다

할 말이 많아서 일까
누군가를 기다림 일까
기약 없는 약속이
야속 했을까

정겨운 만남이
가슴앓이가 되어서 일까

낙엽 하나
노을이 내리는 의자에 앉아
살랑 바람에
뒤척이고 있다

이름표

온 종일 달음박질
청춘을 저당 잡혀보지만

현실이 만들어 놓은
굴레 같은 이름
비정규직

땀도 눈물도 웃음조차도
각기 다른
가면무도회

삶의 터전을 향해
날 수 없는
거위의 꿈

택배를 보내고

박스 안에
헤아릴 수 없는 것들을
차곡차곡 넣는다

반찬거리 입을 옷
건강식품…

20kg 박스가 딸아이 얼굴로
가득한데

담아도 담아도
채워지지 않아
들 수 없는 무게가
가슴을 누른다

돌아오는 길
억새꽃이 히끗히끗
머리를 풀고 있다

하이드 씨에게

뚜벅 뚜벅
발자국 소리
우수수 별이 떨어진다

문어발 낙지발에
온몸을 맡겨 두었다가

영혼을 저당 잡힌
개 짓는 소리에
소스라쳐 놀라는
꼴이라니

어찌할까나
이슬 창에 연서를 쓰고 나니

아침 햇살 환하게
미소 짓고 있다

화령장

닷새에 한 번씩
사람 사는 냄새가 난다

자판에 늘어놓은 물건이라야
손안에 잡으면 별 것 아니지만
이곳저곳에서 벌어지는
흥정은 후끈하게 달고 있다

때로는
거나한 육두문자도
간지러운 애교도
포장 친 난전에서
어우러져 익어 갈 때면

'끈끈이 할매'집
낡은 간판 안으로
허기진 입들이 하나, 둘 둘러앉고

제철에 나온 야채와
잘 끓인 된장찌개와
할매표 참기름이 만들어 내는
비빔밥 한 그릇에

흥정으로 얼굴 붉히던 아재도 아지매도
잘 섞여 비벼 버리는
화령장

*상주시 화서면에 닷새마다 열리는 시장

송편을 빚다

보고 싶은 얼굴로
꼭꼭 속을 채운다

빚은 송편
보자기 위에 앉히니
가슴이 넉넉하다

날아간 새들
깃을 찾아오겠지

빈자리 더듬는
아랫목에는 어느새
따스한 온기가 도는데

열어 놓은 대문 위로
성큼
보름달이 들어오고 있다

미소

문경 농암
자리 잡은 청화사

빗살창 사이로 머무는
부처님 미소

손끝에서 일군 보시로
흙돌담 구절초 향기
여여하네

지혜의 칼날 번뇌를 베고
불국토 참선 수행하는
연꽃 닮은 스님

속세에 얽매인 사연
인욕바라밀 정진 수행

풍경 끝에 실려
조용히 번지는 염불소리

6부

쓰다만 시

오월(五月)

산소 앞에
모란꽃
아버지를 닮아 반갑다

지난 날
손에 잡힐 시간들이
차곡차곡 쌓여
한 송이 꽃으로 피어 있다

아픔, 기쁨, 슬픔
때로는 애증도 쌓이면
그리움이 되나보다

그제나 지금이나
세월가도 시들지 않는
그 꽃

우편함

봄 가고 여름 오는
계절이 두려웠나 보다

우편함 속에
둥지를 튼 어미 새

사람들의 이야기가
그리웠을까

무심한 사람들에게
제 소리를
들려주고 싶었을까

지나가는 이들
길 멈추게 하는

깨소금 같은
새소리

줄타기

차라리 재만 남겼으면 좋겠다
욕정에 파편이 튕겨져 나가면
누군가 입어야 할 상처

아픔은 언제나
예고 없이 찾아오나 보다

혼을 잃은
눈 속에 혈관이 거꾸로 선다

바람에 심하게 흔들리는
지난 시간들이
링거액처럼 떨어지는데

어이할까
더 선명하게 일어나는
생각의 자리

사랑은
물거품 같은
한낮의 꿈이 아닌데

거미줄에 매달린 곡예사처럼
터질 듯 심장은
줄타기하고 있다

이별(離別) 2

바늘귀 만큼 남은 시간
한 땀 한 땀 꿰고 있다

파도 같은 젊음도
애틋한 천륜도
조용히 닻을 내리고

푸스스한 기억
벽시계 초침 따라
습관처럼 흐르고 있다

밤을 새운 침상엔
다 풀린 실오라기들만
가득

일어서지 못하는
뼈마디

이면(裏面)

단단하게 보이던
그

어머나!

깨고 보니
속이 썩은
빈껍데기였네

반질반질 흐르던
윤기
여러 사람 손때였었군

잘 보이지 않는
이면(裏面)의 속성

두 바퀴 사랑

장대비 사이로
하얀 모시 적삼 적시던
중절모 신사

비에 젖으면서
우산을 받쳐주던
환한 그녀

우산 속 사랑이
빗방울로 튕겨 드는데

주인 잃은 녹슨 바퀴 사이
켜켜이 쌓인 기다림

먼 길 홀연히 떠난
아버지
더 그리운 날

따개비 사랑

낯선 시선에 베일까
뒷모습만 바라보다

당연한 이별 앞에
돌려 버린 고개

조간대 갯바위에
부서지는 파도를 견디며
운명을 기다리는

절지동물
따개비 사랑

실업 일기(失業日記)

인생을 푸고 있는 그녀
내뱉는 언어들이
밥알떼기다

윤기 흐르는 밥알도
때로는 죄인 같다

숟가락질에 사각사각
모래 소리가 난다

별일 아닌 일로
다투고 나면
가족도 까만 누룽지

숭늉도 못 할 밥알을 위해
또
밥주걱을 든다

쓰다만 시(詩)

잠이 오지 않는다

온전히 품지 못한
사랑 하나
어디서 멈춰 섰기 때문일까

밤새워도
찍지 못한
마침표 하나

어머니

"언제 오냐"
늘 궁금증이다

삶에 바쁜 내게
언제부터인가 달린
위치 추적기 하나

집착으로 보기엔
너무도 큰 사랑

때론 달아나고 싶어
과속으로 달려보지만

엄마는
나의 영원한 정지선

외출(外出)

그녀의 삶이
휠체어에 앉았다

평생 살아온 길이
오롯이
그곳에 남아 있다

바라보는 저 하늘에
다 담아도 넘칠
갑자생의 무게가
이렇게 가벼울 수가

등을 미는 나도
그녀의 휠체어

젯밥

흉년에 아이들
배 터져 죽는다는
옛 어른들 말씀엔

배곯아도 서로 참고
미루어 주었다는 거겠지

잘 차려진 밥상을 놓고
서로 먹기 위해 열연하는
뉴스 속에는

하루가 멀다 않고 벌어지는
씁쓸한 마당놀이

설날 아침

창밖으로
아침 해는 새색시 볼이다

알콩달콩 고명을 수놓아
아침 떡국 상이 더 환한데

한 살 더한다는 건
숫자가 늘어나는 것은
아닌데
훨씬 더 의젓한
세배하는 손자 손녀

고쟁이 속
열린 복주머니에도
삶의 주름이 펴지는
아침

햇살도 넉넉하게
한 해의 빗장을
푼다

화려한 외출

상주 북장사 영산회상 괘불탱화
오랜만에 외출하셨다

국립중앙박물관 너른 뜰
채우고도 모자라
서리서리 서 있는 성불

발 끝 아래서 바라보는
중생들의 소원 아신 듯
맑은 눈 온화한 미소
가득한데

인욕을 알려주듯
미처 다 그리지 못한 불화 속
파랑새 이야기

미완의 삶
뭇 사람들
십대 제자들에게 들려주는
영취산 설법

사바세계 온갖 번뇌
우러러만 봐도 사라지는
여기는 극락

해설

치유(治癒)와 사랑의 시

치유(治癒)와 사랑의 시

박찬선(시인)

시는 말의 길이다

모든 생명의 탄생에는 산고가 따르기 마련이다. 시도 예외일순 없다. 시적 대상이 떠오르면 착상을 하고 언어로 표출하기까지는 성숙의 기다림이 수반된다. 아주 짧은 순간도 있으나 대부분이 몇 날 며칠 길게는 달과 해를 넘기는 경우도 있다. 긴장 속에 밤을 지새워야하고 답답함으로 회의에 빠지기도 한다. 한마디로 인고의 시간이요 피를 말리는 시간이 따른다. 그렇다면 이러한 과정을 거치고 나온 작품이 수작이면 좋을 텐데 태작인 경우가 태반이다. 오히려 산고를 겪지 않고 우연히 즉흥적으로 쓴 작품이 뭉클한 감동을 자아내기도 한다. 마음먹은 대로 되지 않는 것이 창작의 과정이요 결과이다. 시를 쓰는 사람이면 누구나 경험하는 일이며 마음 쓰는 일이다. 윤 시인의 「쓰다만 시」는 이러한 정황을 잘 보여주고 있다.

잠이 오지 않는다

온선히 품지 못한
사랑 하나
어디서 멈춰 섰기 때문일까

밤새워도
찍지 못한
마침표 하나

「쓰다만 시」전문이다. 이 작품을 모두에 올리는 것은 창작하는 사람
에게 두루 적용되기 때문이다. 시에는 마침표의 정답이 없다. 짓고 쓰
고 고쳐도 미진한 것이 시작이다. 뿐만 아니라 시작은 제자리 뛰기이
다. 수백 수천 편의 시를 지었다고 해도 늘 원점에서 다시 출발하는 것
이 시작이다. 바통 터치처럼 이어질 수 있다면 좋으련만 한 작품이 완
성되면 다시 출발선으로 돌아와야 한다. 모든 작품은 시작 과정을 거
쳐야 하는데 어느 작품 할 것 없이 유사한 진행을 거친다. 반복 되풀
이되는 일에 지나치게 민감하다던가 아니면 아무런 의식 없이 관습화
된 경우도 있다. 더구나 어딘가 부족한 느낌이 드는 모자람이 있다고
생각될 때는 시지퍼스의 작업처럼 어기찬 노역을 감내해야만 한다. 미
완, 부족, 불만이 창작의 동기가 되지 않을까? 잠이 오지 않는 불안한
상태에서 역시 이루지 못한 사랑으로 매듭을 지을 수 없는 안타까움
이 솟아난다. 비단 사랑뿐일까? 인간이 영위하고 있는 모든 일들이 완
벽하게 성취된다면 인간은 게으름의 노예가 되어 판단중지에 머물 수

도 있을 것이다. 시는 미완의 산물이다. 끝내 찍지 못한 마침표가 있기에 거듭 시를 쓰고 사랑을 하는 것이다. 윤시인의 「시작일기(詩作日記)」는 이를 잘 보여준다.

시란 놈이 도무지 찾아오지 않더니/갑자기 왔다//가방을 뒤져도/연필도 종이도 없다//텅 빈 내 곳간에는/허접한 화장품 몇 개//어쩌랴/화장지 위에 립스틱으로/신나게 그려낸 그 점 위로//비로소/빨갛게 꽃피워/웃는 시//

시적 영감은 정해진 시간에 오지 않는다. 시를 잡아들일 포충망을 펼치고 안테나를 높이 세워둔다고 해서 바로 오는 것도 아니다. 생각지도 못한 때나 자리에서 갑자기 오는 것이다. 심지어 꿈길에서도 온다. 아주 멋진 시상과 시구가 떠올랐는데 내일아침 날이 밝으면 적어야지 하고 그냥 두고 자면 까맣게 잊어버리고 만다. 서운하기가 이만저만이 아니다. 시가 떠오르면 그 즉시 적어둬야 한다. 그 순간을 놓치면 백지로 돌아가기 마련이다. 「시작일기」는 시가 찾아오는 주체로 표현되었으나 정작 시를 찾는 것은 시인 자신이다. 오랫동안 찾아도 응답이 없다가 어느 순간에 떠오른 시상을 허겁지겁 립스틱으로 그려낸 '빨갛게 꽃피워/ 웃는 시'가 웃음을 자아내게 한다. 시로서의 탄생은 보람된 일이요 축복받을 일이다. 나를 떠난 시는 개체적 존재로서 의미를 지닌다.

그냥 가려는 시를
억지로 붙잡고 헤매다
겨우 찾은 서점

아무렇게나 뽑아든 책이

시들만 사는 집이다

그 집에
내가 들어 갈 자리
비어 있다

　－「시집(詩集)」 전문

　시인이 시를 얘기하는 것은 당연지사이다. 시에 대해서 별도로 얘기치 않더라도 '그냥 가려는 시를/억지로 붙잡고 헤매다'에서 그의 집요한 시 탐색의 자세를 엿볼 수 있다. 시는 찾는 사람에게 온다. 시에 대한 생각이 없으면 시는 생각해지지도 않는다. 지속적인 집중이 필요한 이유이다.

　시는 한자로 詩 =言+寺의 형성문자이다. 사(寺)는 지(之)와 통하여 '가다'의 뜻을 지녔다. '내면적인 것이 언어 표현을 향해 가다'의 뜻이다. 정곡을 찌른 말이다. 시가 뜻의 표현(詩言志)이라고 했듯이 내면적인 정서와 뜻이 표현된 것을 시라고 이른다.

　어떤 사람은 언어가 사는 절로서 깨침(覺者) 곧 부처가 되기 위해 수행 정진의 처소인 절처럼 경건한 자세와 마음으로 언어를 다루는 것이 시라고 풀이하기도 한다. 적어도 시를 쓰려면 그러한 수행 자세를 가져야 한다고 이른다. 엉뚱한 논리는 아니다. 해석의 옳고 그름을 떠나서 시의 위의와 품격을 전제로 했다는 점이 벗어나지 않는다.

　시가 많은 세상 시집도 많이 나온다. 시가 사는 집이 시집이다. '그집에/내가 들어갈 자리/ 비어있다'고 했다. 시의 집에는 누구나 들어갈 수 있다. 들어가서 시와 만나면 된다. 시와 만나서 같이 즐기면 된다.

시로서 흥을 돋우고 예로서 서며 음악으로 이루면 된다.(논어 태백편[泰伯篇] 興於詩 立於禮 成於樂)

윤 시인이 마련한 시집을 살펴보자. 어떤 시들로 지은 집인지 첫 집들이에 초대받은 소감을 적을 차례다. 말의 길, 곧 시의 길은 어디로 통로를 내고 문을 냈는지 둘러보자.

시는 치유(治癒)다

시는 시인 내면의 억눌린 아픔이나 상처를 드러낸 '억압의 소산물'이다. 살면서 받는 스트레스를 다스리고 마음의 병을 치료하는 시 치료가 퍼지고 있다. 정서순화와 안온(安穩)한 평정으로 이상적인 마음 치유의 영역이기도 하다.

윤시인은 사회복지사이자 치유사다. 시로서도 그렇지만 몸으로서 치유를 실행한다. 그의 「재가방문(在家訪問)」은 그가 헌신 봉사하는 현장에서 얻어진 것이다. 나이 들어 몸도 마음도 쇠약해진 노인을 위한 일은 쉬운 일이 아니다. 윤시인의 활달한 성품은 이를 잘 감당해나간다. 일을 즐겁게 하면 결과도 즐겁다. 그러는 동안 성심을 다하는 현장에서 얻어진 경험을 바탕으로 생생한 시를 짓기도 한다.

치유(therapy)는 의학적으로 '돕다'라는 뜻인 치료(therapeia)에서 온 말이다. 시(poem, poetry)는 '만들다'라는 뜻의 희랍어 '포이에시스(poiesis)'에서 기원했다. 따라서 시를 통한 치유는 서로 도와서 만들어가는 본디의 의미를 떠올리게 한다.

"와 인자 왔어?"

"인자 안 오는 가 했제."

오두막사리 집엔
마음 고픈 어머니들
눈빛이 먼저 마중

할머니들의
알싸한 눈물 젖은 이야기
잡초처럼 뽑아도 끝이 없는
아픔의 밭

그들 따라 쉼 없이
김을 매고 있으면
내 마음의 이랑도 환해지고

돌아오는 초저녁
걸린 저녁노을

되새김질하는 어미 소
큰 눈 안에
글썽거리는 모정이 아름다워

다시 만날 내일을 위해
종종걸음 치는 발길

　　-「재가방문(在家訪問)」전문

나이 들면 외롭다고 한다. 사랑과 정, 사람이 그립다고 한다. 핀잔과 투정이 담긴 "와 인자 왔어?" 이 말 한 마디가 몹시 기다린 끝의 반가움의 표현이 아닌가? 몸의 불편함보다도 사랑의 마음이 고픈 할머니들의 이야기, '잡초처럼 뽑아도 끝이 없는/아픔의 밭' 이야기에 젖어들어 아픔을 같이할 때 도달하는 평정, 행복한 순간이 눈에 보인다.

우리는 웰빙(Well-being)과 함께 힐링(healing)의 삶을 추구하고 있다. 웰빙이 몸 건강을 위한 것이라면 힐링은 정신건강을 위한 것이다. 몸을 위한 음식, 정신을 위한 예술, 이것들의 지향점은 건강한 삶이다. 힐링은 억압받고 상처 입은 감정의 정화를 지향 한다.

"햅쌀밥이 윤 선생 맛이네"//쌀밥 미소가/합죽한 볼우물에 달린다.(재가방문 5) 차갑던 아랫목/까만 연탄/어느새 활활 피어//저절로 녹는다/굽은 할머니 허리/ 우리네 마음(재가방문 3)

햅쌀밥의 맛이 윤 선생 맛인 사람 맛과 하나가 된 맛의 통일이 정겹다. 구수하면서도 신선한 밥맛처럼 윤 선생의 살가운 보살핌이 행복한 웃음을 자아낸다. 활활 피어오른 연탄불이 아랫목을 따끈하게 달아오르게 하여 할머니 굽은 허리 녹게 하는 마음 씀이 곱다. 흔히 '허리를 굽는다'는 말이 따뜻하게 다가오는 이유이다. 추우면 관절이 굳어져서 거동이 어려워지는데 부드럽게 몸을 녹이는 그 자체가 우리네 마음이니 인인애(隣人愛)의 따뜻함이 묻어난다.

"나의 치유는/ 너다/ 달이 구름을 빠져나가듯/ 나는 네게 아무 것도 아니지만/ 너는 내게 그 모든 것이다/ 모든 치유는 온전히/ 있는 그대로 받아들이는 것/ 아무것도 아니기에 나는/ 그 모두였고/ 내가 꿈꾸

지 못한 너는 나의/ 하나뿐인 치유다." 김재진 시인의 「치유」 전문이
다. 김 시인은 여기에서 치유의 대상이 내가 꿈꾸지 못한 '너'가 나의
하나뿐인 치유라고 했다. 너는 나의 모든 것으로서 나의 치유가 된다.
너는 내게 절대적 존재이다.

　윤 시인의 치유 대상은 너 곧 할머니다. 할머니의 치유가 종국에는
나의 치유로 환치된다. '그녀의 삶이/ 휠체어에 앉았다… 등을 미는 나
도/그녀의 휠체어.' 「외출」에서 보여주듯 치유하는 사람과 치유되는
사람이 하나로 관계맺음 곧 한 몸이 됨으로써 치유는 극대화되고 현
실화 된다.

　내 눈
　영롱한 빛이 되어주시게

　내 귀
　작은 소리까지 들어주시게

　내 손
　거친 것들 가리지 않고 쓰다듬어 주시게

　내 발
　가는 걸음 디딤돌이 되어주시게

　내 심장
　뜨거운 고동을 다시 한 번 뛰게 해 주시게…

사라지는 작은 별
마지막 열정
새 생명 앞에서
꺼지지 않을 숨결로 이어지도록

"선생님, 시신기증등록증 나왔습니다."

– 「재가방문(在家訪問) 2」 전문

마지막 까지 다 주고 가는 삶은 아름답다. 떠나면서 남은 육신을 살아 있고 살아갈 사람을 위해서 주고 간다. '꺼지지 않을 숨결로 이어지도록'하는 시신기증으로 치유는 소통이 된다. 떠나가는 사람과 산 사람 사이가 연결된다. 이렇게 치유는 서로에게 너는 나의, 나는 너의 치유가 되는 셈이다. 빛이 되고, 작은 소리 듣고, 거친 것들 쓰다듬어 주고, 디딤돌이 되고, 뜨거운 고동을 뛰게 해주는 간절한 기원은 치유의 극치다.

남강(南岡) 이승훈(李承薰. 1864-1930) 선생은 민족정신 고취와 인재양성을 위해 평북 정주에 오산학교를 세웠다. 돌아가시기 전에 시신 기증으로 인체표본을 만들어 생물실에 비치하여 교육용으로 사용토록 했다는 이야기가 전해온다. 가슴 뭉클한 감동이 이는데 "선생님, 시신기증등록증 나왔습니다."라는 말이 큰 울림으로 솟는다. 나는 아주 가지만 나의 분신은 살아나서 생명의 소중한 징표로 남을 것이다.

남기고 가는 삶이 아름답다. 주고 가는 삶이 거룩하다. 가면서도 가지 않는 법이 여기 있다.

시는 관계 맺음이다.

「가납사니」는 명사로 순 우리말이다. 쓸데없는 말을 잘하는 사람 (chatter box). 말다툼을 잘하는 사람. 말 주변이 있는 사람이라고 국어 사전에 나온다. 사람과 부대끼면서 살다보면 무슨 일인들 일어나지 않으랴. '가만히 있으면/속을 알 수 없는 수박'으로, 끓어오르는 울화를 송두리째 토해내면 '흩어져버리는 옥수수 알'로, '생채기 난 가슴을 타고 올라와/여기저기/파랗게 멍들어 피는/나팔꽃'으로 참신한 비유를 하고 있다. 수박, 옥수수, 나팔꽃으로 식물성 이미지다.

택배상자 안에
그녀의 넉넉한 마음이
담겨왔다

새벽마다 서리꽃으로 빚은
그녀의 향기

혼자 먹기에 아까워
온 동네 나누다 보면
빈 접시 위로 그녀가
보름달로 웃고 있다

너의 웃음 하나로
코끝 찡해지도록
하얗게 빚어지는 나

– 「기지떡 사랑」

 세상이 메말라 간다고 한다. 정이 마르고 각박해졌다. 담 너머로 주고받던 인정이 사라졌다. 살기는 좋아졌는데 나눔은 줄어들었다. 사는 데 급급하다 보니 자연 소홀해진다고하기에는 너무 변했다. 그래서 「기지떡 사랑」은 읽히고 그리워진다. 작은 일에도 정성이 담기면 인간의 향기가 나고 보름달 같은 환한 웃음이 피어난다.

 동학에서는 한울님의 덕을 체득하자면 정성, 공경, 믿음 세 가지가 있어야 한다고 했다. 정성의 성(誠)은 '참됨'으로 유교의 실천 덕목이다. 진실 된 인간성을 강조한 것이다. 자치통감(資治通鑑)의 명저를 남긴 송대의 거유 사마광(司馬光)은 인생의 원리로서 성실의 덕을 강조했다. 수만 자의 한자 중에서 본받아 간직하고 배우고 힘써야 할 글자 하나를 고른다면 성(誠)이라 하고, 성의 뜻을 불망어(不忘語)라고 했다. 허망(虛妄)한 말을 하지 않는 것 즉 나를 속이지 않고(誠實也 誠其意者 毋自欺也. 栗谷) 남을 속이지 않는 것이 성의 근본이다. 진실무망(眞實無妄)하여 참되고 거짓이 없는 것이다. 誠=言+成 형성으로 말이 이루어진 것, 말의 완성이 誠이다. 성이 없으면 아무 것도 안 된다.불성무물(不誠無物) 성실성이 없으면 아무 일도 되지 않는다. 성이 없으면 물이 없다. 성실이 없다면 존재도 없다.
 성은 스스로를 완성시킬 뿐만 아니라 사물을 완성시킨다(誠者非自成己而已也 所以成物也). 성은 성기(成己) 곧 자기완성의 원리인 동시에 성물(成物) 곧 사물완성의 원리다. 성은 만물 완성의 원리다. 성(誠)은 성(成)의 근본이다. 誠은 成의 어머니요, 成은 誠의 산물이다.
 아주 작은 것이라도 그것을 이룸에는 정성이 따른다. 내가 '하얗게 빚어지는 나'가 될 수 있음도 그녀가 있기 때문이다. 인심에 사람이 난다.

> 짧아도 긴 여운이
> 구름 위를 걷는다

> 가슴 속을 흐르는
> 물 같은 사랑

> 산다는 건
> 가장 귀한 추억 하나로

> 마주 보고
> 서는 일

> ―「만남」 전문

시상이 간결하고 정제되어 있다. 군더더기가 없다. 사는 일은 만남으로 시작한다. 애초 나와 부모의 만남으로부터 친척, 친지, 친구, 이웃들의 만남으로 외연이 확대된다. 나아가 많은 사람과 세계, 넓게는 뭇 사물과 자연, 우주와의 만남에 이르기까지 무한대에 이른다. 이러한 외부의 만남뿐만 아니라 내면의 만남 즉 하느님, 절대자, 신, 성서, 경전, 진리, 예술과의 만남은 존재의 자각과 미의식의 전개라는 점에서 폭이 넓어진다.

만남은 관계이다. 만남의 주체와 만남의 객체가 관계 맺음이다. 즉자(卽自)와 대자(對自)의 존재 양상도 다를 바 없다. 관계에 '사이'가 있다.

시의 관계 맺음은 시인과 시적 대상과의 관계에서 무엇을 드러내느냐에 있다. 시인과 대상과의 관계 설정은 시인의 기호와 창작 의지에 달렸다. 무엇을 어떻게 표현할 것인가의 문제는 사이에 나타나는 접합이자 합일의 징표가 된다. 그게 창작의 결과물인 시다.

황희 정승의 딸과 며느리가 이에 대한 다툼 이야기[1]는 양쪽의 중간, 이 쪽 저 쪽을 꿰뚫는 사이의 묘를 일컫는 일화다. 사람 사이의 만남도 마찬가지, 사이의 묘를 알아야 사귐의 참 의미가 깊어진다. 대립되는 관점을 아우르면서도 둘 사이를 꿰뚫는 새로운 제3의 시각을 제시해야 한다. 양쪽을 고려하되 반드시 새롭고 유용한 시각을 창출해내야 한다. 그러기위해서는 내가 서 있는 자리와 사유의 틀을 깨고 나갈 준비가 되어 있어야 한다. 사이의 통합적 관점을 만드는 일이다.

여운이 있는 물 같은 사랑의 추억, 그것으로 '마주 보고/서는 일'은 관계 설정 곧 사이의 통합을 나타낸다. 그것은 하나 됨의 소통이요, 사랑이며, 믿음이다. 밀레의 만종(晚鐘)이 그러하고 옛 혼례에서 신랑 신부의 선 자리가 그러하다. 마주 섬의 공간, 그 사이에 묘(妙)함이 있다.

---

1) 황희 정승이 조정에서 돌아오자 딸이 물었다. "아버지 이가 어디에서 생기나요? 옷에서 생기지요?" "그럼" 딸이 웃으며 말했다. "내가 이겼다!" 이번에는 며느리가 물었다. "아버님 이는 살에서 생기지요?" "그럼" 며느리는 웃으며 말했다. "아버님께서 제 말이 옳다고 하시네요!" 그러자 부인이 정승을 나무라며 말했다. "누가 대감더러 지혜롭다고 하는지 모르겠군요. 옳고 그름을 다투는데 양쪽 다 옳다니요!" 황희 정승이 빙긋이 웃으며 말했다. "둘 다 이리 와 보렴. 무릇 이는 살이 없으면 생길 수 없고, 옷이 없으면 붙어 있지 못하는 법이니 이를 통해 보면 두 사람 말이 모두 옳은 게야. 그렇긴 하나 농 안의 옷에도 이는 있으며, 너희들이 옷을 벗고 있다 할지라도 가려움은 여전할 테니, 이로 보면 이란 놈은 땀내가 푹푹 찌는 살과 풀기가 물씬한 옷 이 둘을 떠나 있는 것도 아니고 꼭 이 둘에 붙어 있는 것도 아니거늘. 바로 살과 옷의 사이에서 생긴다고 해야겠지." (류금, 柳琴1741-1788)의 시를 모은 『낭환집蜋丸集』序 연암 박지원 짓다.)

돌다리 건너던/아침 바람이//톡/ 연잎을 튕겼다//"또르르"//연잎 위로 신나서/ 미끄럼 타는/저 옥로(玉露)//눈부시다

— 「이슬」 전문

동시적 발상으로 단정하다. 잡티란 찾아볼 데가 없다. 마치 같은 모습의 사진을 보는 느낌이다. 「이슬」의 관계 설정은 바람과 연잎, 연잎 위의 옥 같은 이슬이다. 사물로 보면 관계망의 형성이 완벽하다. 크게는 바람과 연잎 위의 구슬이라면 마지막 행 '눈부시다'가 시를 매듭짓는 결어이다. 가령 '눈부시다'가 없다고 한다면 얼굴을 그리는데 눈동자를 빼놓은 것과 같을 것이다. '눈부시다'는 화룡점정(畵龍點睛)의 구실을 하는 시어다.

살다보면/죽이 맞아야/살맛이 난다지// 길동무는 서로가/왕과 왕비처럼//소담스런 백일홍/꽃잎으로 피려면//백일홍 잎사귀도/죽이 맞아야/된다지

— 「죽이 맞는 사이」 전문

「죽이 맞는 사이」에서 사이의 묘는 죽이다. 차례로 늘어선 모양, 동작이 거침없이 나아가는 모양, 가지런하게 펴거나 버리는 모양, 끊이지 않고 한 줄기로 잇단 모양의 죽. 윤 시인의 죽은 현실을 노래한 작품에서도 죽이 맞는다. '닷새에 한 번씩/ 사람 사는 냄새가 난다… 흥정으로 얼굴 붉히던 아재도 아지매도/잘 섞여 비벼 버리는/화령장. (화령장 1, 6마지막 연) 보고 싶은 얼굴로/꼭꼭 속을 채운다… 열어놓은 대문 위

로/성큼/보름달이 들어오고 있다. (송편을 빚다 1, 5 마지막 연)에서 보듯 윤 시인의 시 마지막 가름은 작품 전체를 아우르는 관계맺음으로 일관하고 있다. 사이는 이처럼 새 세계를 열어가는 기틀이 된다.

시는 사랑이다

윤 시인의 시에는 어머니와 아버지를 비롯한 가족을 소재로 한 시가 많다. 가정생활의 구성원이자 집단이 가족이기에 이를 표현한 시는 사랑을 전제로 한다. 혈육으로 맺어진 명이기에 더욱 끈끈한 정을 가진다.

산소 앞에
모란꽃
아버지를 닮아 반갑다

지난 날
손에 잡힐 시간들이
차곡차곡 쌓여
한 송이 꽃으로 피어 있다

아픔, 기쁨, 슬픔
때로는 애증도 쌓이면
그리움이 되나보다

그제나 지금이나
세월가도 시들지 않는
그 꽃

– 「오월」 전문

    오월은 모란의 달이다. 모란을 닮은 아버지가 시들지 않는 꽃으로 피어 있다. 아버지는 꽃으로 다시 만난다. '툇마루 걸터앉아/긴 머리 곱게 곱게/빗겨 주셨지//모처럼 사 오신 구두/항공모함 같아/걸을 수 없자/동구 밖까지 업어 주셨지'(「아버지」 1,2연) 유년 시절 자상하신 아버지의 모습이 그려져 있다. 동화 속 정경같이 다정하게 다가온다. '연꽃 위에서/잠시 담소 나누시다/해가 지기 전/돌아오실 것만 같은'//아버지(「작별」 끝연) 아버지는 가셨지만 가시지 않은 듯 아버지에 대한 생각이 눈물겹다. 아버지가 마음 깊이 차지하고 있음이다. 주인 잃은 녹슨 바퀴 사이/켜켜이 쌓인 기다림//먼 길 홀연히 떠난/아버지/더 그리운 날(「두 바퀴 사랑」 4,5연) 그리움으로 남은 아버지가 계신다. 흔히 아버지는 하늘이요, 어머니는 땅에다가 비유키도 하는데 그렇게 보면 아버지의 그늘 아래에 살고 있는 셈이 된다.

"언제 오냐"
늘 궁금증이다

삶에 바쁜 내게
언제부터인가 달린
위치 추적기 하나

집착으로 보기엔
너무도 큰 사랑

때론 달아나고 싶어
과속으로 달려보지만

엄마는
나의 영원한 정지선

– 「어머니」 전문

　어머니의 사랑을 용광로에 비유하기도 한다. 용광로는 뭇 쇠를 녹여 순도가 높은 좋은 쇠를 만들어내듯이 어머니는 새 생명인 자식을 낳아 키워주셨다. 어머니는 대지의 흙이 생물을 키워내듯이 산고를 겪으며 생의 기쁨을 주셨다. 어머니의 사랑은 끊임없이 쏟아 내리는 폭포수와 같다. 벗어날 수가 없다. 절대적이다. 어머니의 자식에 대한 궁금증과 관심으로 달린 위치 추적기, 그것은 한량없는 사랑의 징표이다. 출필고 (出必告) 반필면(反必面) 집을 나설 때는 반드시 행선지를 알리고 돌아와 서는 반드시 얼굴을 뵙고 아뢰는 일상의 교훈이 실감난다. 나들이의 과속을 걱정하는 '엄마는/나의 영원한 정지선'으로 제동을 걸고 있다. 나의 위치를 확인하는 엄마의 위치 추적기와 영원한 정지선으로 나타낸 은유가 새롭고 그에 따른 상상력이 놀랍다.

　이처럼 아버지와 어머니에 대한 사랑이 있는가 하면 '눈빛만으로도/

수많은 대화 나누며/뜨거운 그림을 그려나갈/동행이라는 화폭'(「사랑의 늪」끝연) 으로 그대를 향한 사랑도 있고 '찢어진 날개/상처 입은 모습 이라도/품어주는 이는/큰 바위 당신 뿐'(「그대」6연)으로 당신의 바위같 이 묵직한 의지에 찬 사랑이 있는가하면 '담아도 담아도 /채워지지 않 아/들 수 없는 무게가/가슴을 누른다'(「택배를 보내고」4연)는 자식 사랑 이 있다. 가족사랑은 바람을 막아줄 튼튼한 울이자 튼튼한 기둥이다. 윤 시인의 시가 건강한 것은 가족사랑에 연유한다.

예고 없이/터지는 화산처럼//천년을 다 하여도 못 다할 사랑/홀연히 끈 놓아 버렸다//미운 정 고운 정/가족이란 이름으로/애간장이 녹지만//이곳과 저곳 은 넘을 수 없는 공간/메아리는 오고 갈 수 있을까//푸른 강이 이어 흐르는/양 지바른 땅인데도/납골당에 부는 허허로운 바람//부모와 자식의 정/바라보는 마음 가까워도/갈 수 없어 멀기만 한/이승과 저승의 길//

 -「이별」전문

그리스 신화에는 죽음에 이르는 다섯 개의 강 이야기²⁾가 있다. 이 강 을 건너면 새로운 존재로 태어난다.

불교에서도 사람이 죽은 뒤 7일이 지나면 삼도천이라는 강을 건너 명부에 이르게 된다. 거기서 살아있을 때의 잘못을 심판받는단다.

신화 속 이야기지만 강은 삶과 죽음을 갈라놓는 경계에 있다. 차안 (此岸)과 피안(彼岸), 이승과 저승 사이에 있으면서 흐름의 유동성(流動 性)과 만물유전(萬物流轉)의 상징성을 일깨워준다. 돌아가신 부모와 자 식 사이에 망각의 강이 흐르고 있다. 가까우면서도 먼, 멀면서도 가까운 아니 삶과 죽음이 하나로 함께 하고 있다는 생각에 닿을 수도 있겠다. 가끔은 영혼의 실재를 믿는다면 우리의 삶이 그만큼 경건해지고 소중하다는 것을 실감케 될 것이다. 한 번 왔다가 가는 길, 시를 남기는 일도 가볍지 않을 것이려니 「이별」은 또 다시 만남을 위한 기원이라야 하겠다.

윤 시인의 시는 단아하다. 잡티도 군더더기도 없이 정제 되어 있다. 생활 속에서 얻어진 체험들을 걸러내어 맵시 있게 시의 옷을 입혔다. 진솔하게 삶의 이미지를 그려냈는가 하면 자기만의 시의 공간을 참하게 짜 놓았다. 번잡하고 난해한 세계가 아니라 쉬우면서도 여운이 깃든 시의 집이 눈길을 끈다.

시인은 시적 대상을 새롭게 인식하여 만나게 해주는 사람이다. 그러자면 치열한 시정신과 사유의 폭을 넓혀감이 이후에 주어진 과제다. 나와 너, 나와 사물 사이의 탐색은 시의 길을 시원하게 열어 가리라.

2) 인간은 죽으면 에레보스(Erebus)라는 암흑의 공간인 지하세계로 들어간다. 거기서 저 승사자인 타나토스의 안내를 받아 이 강들을 건너 저승의 왕 하데스가 지배하는 궁 전에 도달한단다. 첫째 비통의 강인 아케론(Acheron)은 자신의 죽음을 슬프게 여겨 서 울며 건너기 때문에 붙여진 이름이다. 아케론을 건너는 자는 뱃사공 카론(Charon) 에게 배삯을 줘야 하므로 고대 그리스인들은 시신의 입에 동전을 넣어주었다. 우리나 라에서도 엽전을 물리기도 했다. 둘째 시름의 강 코퀴토스(Cocytos)는 이 강을 건널 때 는 강물에 자신의 모습이 비치기 때문에 시름에 젖게 된단다. 셋째 불길의 강 플레게톤 (Phlegethon)은 불길이 흐르는 강으로 죽은 자의 영혼이 이 강에서 불태워져서 정화된 다고 한다. 넷째 증오의 강 스틱스(Styx)는 하데스 궁전를 일곱 번 휘감고 있는 강이다. 다른 강과 달리 신들에게 중요한 의미를 지니는데 스틱스 강에 대고 한 맹세. 절대적인 약속은 신조차도 절대 깰 수 없다고 한다. 어길 경우 혐오스럽다는 뜻을 가진 스틱스 가 품고 있는 타르타로스(무한의 지옥)로 빨려들어 간다고 한다. 다섯째 망각의 강 레테 (Lethe)는 불로 정화된 영혼은 망각의 강물을 마시고 자신의 모든 과거를 잊고 새로운 존재로 거듭나기에 망각의 강이라고 한다.

기지떡 사랑

윤순열 지음

발 행 처 · 도서출판 청어
발 행 인 · 이영철
영   업 · 이동호
홍   보 · 이용희
기   획 · 천성래
편   집 · 방세화
디 자 인 · 이해니 | 이수빈
제작이사 · 공병한
인   쇄 · 두리터

등   록 · 1999년 5월 3일
(제1999-000063호)

1판 1쇄 인쇄 · 2019년 5월 20일
1판 1쇄 발행 · 2019년 5월 31일

주소 · 서울특별시 서초구 남부순환로 364길 8-15 동일빌딩 2층
대표전화 · 02-586-0477
팩시밀리 · 0303-0942-0478

홈페이지 · www.chungeobook.com
E-mail · ppi20@hanmail.net
ISBN · 979-11-5860-651-0(03810)

이 도서의 국립중앙도서관 출판시도서목록(CIP)은 서지정보유통지원시스템 홈페이지
(http://seoji.nl.go.kr)와 국가자료공동목록시스템(http://www.nl.go.kr/kolisnet)
에서 이용하실 수 있습니다.(CIP제어번호: CIP2019018967)